1892 Mars 5

TABLEAUX

PAR

CARL-ROSA

Vente du 5 Mars 1892

IMPRIMERIE MAULDE et RENOU

A. MAULDE & Cⁱᵉ
IMPRIMEURS DE LA COMPAGNIE DES COMMISSAIRES-PRISEURS
Rue de Rivoli, 144. — Paris

TABLEAUX

PAR

CARL-ROSA

Dont la vente aura lieu

HOTEL DROUOT ✷ SALLE N° 1

Le Samedi 5 Mars 1892

A 2 heures 1/2 très-précises

———⁓⁓⁓⁓⁓———

Mᵉ Henri LECHAT	**MM. J. CHAINE et SIMONSON**
COMMISSAIRE-PRISEUR	EXPERTS
Rue Baudin, 6 (Square Montholon)	Rue de la Paix, 5

Chez lesquels on délivre le Catalogue

———⁓⁓⁓⁓⁓———

EXPOSITION PARTICULIÈRE

GALERIE DES ARTISTES MODERNES

Rue de la Paix, 5

Du Lundi 29 Février au Jeudi 3 Mars, de 10 heures à 5 heures

EXPOSITION PUBLIQUE

HOTEL DROUOT, SALLE N° 1

Le Vendredi 4 Mars 1892, de une heure et demie à cinq heures et demie

CONDITIONS DE LA VENTE

Elle sera faite au comptant.

Les Acquéreurs paieront CINQ POUR CENT en sus des enchères, applicables aux frais de vente

A. MAULDE et Cie, imprimeurs de la Cie des Commissaires-Priseurs, rue de Rivoli, 144.   1500—21388

CARL-ROSA

—

C'EST très-bien d'être élève de la nature et c'est très beau de la peindre comme elle est. C'est ainsi que procède M. Carl-Rosa. Oui, la nature fut son maître, ce qui ne l'empêcha pas d'admirer tout à la fois les paysages de Rousseau, de Daubigny, de Diaz et de Corot; mais il a eu raison de garder son sentiment personnel. Sans originalité, il n'y a pas de peintres.

Heureusement pour M. Carl-Rosa on dira : Voilà un Carl-Rosa comme on dit des Maîtres. Mieux vaut cent fois ne pas copier un paysagiste et donner sa note bien accusée, même si elle détonne dans le diapason des autres.

Ce jeune peintre a signé cinquante paysages charmants, pris çà et là dans le pays de George Sand, dans le pays de Jules Sandeau et dans le pays de Flaubert.

Il y a là beaucoup de pages qui peuvent rivaliser avec celles des trois romanciers. Le pinceau de M. Carl-Rosa est fécond, large et lumineux. Il est familier aux effets de soleil et aux effets brumeux. Il ne trahit ni la nature, ni la vérité, ni la poésie.

Quand on a un de ses paysages on possède un des mille coins de la France.

Les Hollandais content cette légende : Quand le navigateur Hasselt partait pour un voyage aux Indes il emportait dans son navire trois paysages d'Hobbéma. — Pourquoi ces trois paysages lui demandait-on quand il les regardait avec amour : « Parce que le premier me rappelle le pays où je suis né, le deuxième où j'ai aimé, le troisième où j'ai perdu ma femme ».

Les paysages de Carl-Rosa rappelleront à un grand nombre d'amateurs les pays de leurs rêves, parce qu'ils renferment toutes les magies de la nature.

Arsène HOUSSAYE.

Paris, 28 février 1892.

TABLEAUX

PAR

CARL-ROSA

DÉSIGNATION

1 — La Seine, à Jeufosse.

L. 0ᵐ60. H. 0ᵐ35.

2 — Argenton-sur-Creuse.

L. 0ᵐ60. H. 0ᵐ35.

3 — Chauvigny-sur-Vienne.

L. 0ᵐ60. H. 0ᵐ35.

4 — Le vieux Chauvigny (Poitou).

L. 0ᵐ60. H. 0ᵐ35.

5 — Le Bras de Seine de Bennecourt.

L. 0^m 60. H. 0^m 35.

6 — Bras de Seine, à Rangiport.

L. 0^m 60. H. 0^m 35.

7 — La Seine à la Vacherie, près des Andelys.

L. 0^m 60. H. 0^m 35.

8 — Un Matin au Petit-Andely.

L. 0^m 60. H. 0^m 35.

9 — Vieux Moulin d'Argenton (Creuse).

L. 0^m 60. H. 0^m 35.

10 — La Vienne, à Bonneuil-Matours.

L. 0^m 60. H. 0^m 35.

11 — La Seine, à Rangiport.

L. 0^m 60. H. 0^m 35.

12 — Un Matin, sur les bords de la Vienne (Hameau des Bonnes).

L. 0^m 60. H. 0^m 35.

13 — Le Hameau de Ribe, bords de la Vienne.

L. 0^m 60. H. 0^m 35.

14 — Bords de la Seine, à Herqueville.

L. 0^m 60. H. 0^m 35.

15 — La Route de Châtellerault, à Chauvigny.

L. 0^m 55. H. 0^m 38.

16 — La Route de Rouen, village de Jeufosse.

L. 0^m 55. H. 0^m 38.

17 — Châtaigniers dans les plaines de Sologne.

L. 0^m 55. H. 0^m 38.

18 — La Route de Châtellerault, Hameau de la Voûte.

L. 0^m 55. H. 0^m 38.

19 — Vieux Chênes, en Sologne.

L. 0^m 55. H. 0^m 38.

20 — Le Château-Gaillard, aux Andelys.

L. 0^m 55. H. 0^m 38.

21 — La Seine, à Port-Morin (Petit-Andely).

L. 0ᵐ55. H. 0ᵐ38.

22 — Dans les Marécages de Sologne.

L. 0ᵐ55. H. 0ᵐ38.

23 — Ce tas de vieilles maisons borgnes et boi-
teuses, et édentées, ont la prétention d'être
une ville, et cette ville se nomme Argenton.
(ALEX. DUMAS. *Création et Rédemption.)*

L. 0ᵐ55. H. 0ᵐ38.

24 — Un Ruisseau en Normandie.

L. 0ᵐ55. H. 0ᵐ38.

25 — Les Rives fleuries de la Seine (Les Andelys).

L. 0ᵐ32. H. 0ᵐ41.

26 — Un Coin d'étang, en Sologne.

L. 0ᵐ32. H. 0ᵐ41.

27 — Sous le Pont d'Argenton (Creuse).

L. 0ᵐ41. H. 0ᵐ32.

28 — Berges de la Vienne.

L. 0^m55. H. 0^m32.

29 — Une Ferme, en Sologne.

L. 0^m55. H. 0^m32.

30 — Brume sur les bords de la Seine (St-Pierre-
du-Vauvray).

L. 0^m55. H. 0^m32.

31 — Bras de Seine, à Thosny (Automne).

L. 0^m55. H. 0^m32.

32 — Une Ferme à Bonnes, bords de la Vienne.

L. 0^m55. H. 0^m32.

33 — Le Clocher de Portejoie, bords de la Seine.

L. 0^m55. H. 0^m32.

34 — Meules, en Sologne.

L. 0^m55. H. 0^m32.

35 — Les Terrains sablonneux de la Sologne.

L. 0^m55, H. 0^m32.

36 — Brouillard d'automne, en Sologne.

L. 0ᵐ 55. H. 0ᵐ 32.

37 — La Seine, à Tournedos, en automne.

L. 0ᵐ 55. H. 0ᵐ 32.

38 — Les Bords de la Seine, à Thosny.

L. 0ᵐ 55. H. 0ᵐ 32.

39 — Les Herbes roses de la Sologne.

L. 0ᵐ 55. H. 0ᵐ 32.

40 — La Seine, à Port-Pinché (Automne).

L. 0ᵐ 55. H. 0ᵐ 32.

41 — Un Matin sur les bords de la Vienne, environs de Châtellerault.

L. 0ᵐ 55. H. 0ᵐ 32.

42 — Une Route en Sologne.

L. 0ᵐ 55. H. 0ᵐ 32.

43 — Un Étang en Poitou (à Chauvigny).

L. 0ᵐ 55. H. 0ᵐ 32.

44 — Un Matin sur les bords de la Seine, à Rangiport.
L. 0ᵐ 55. H. 0ᵐ 32.

45 — Au Ponton de la fabrique de Pétrole, à Bon-
nières.
L. 0ᵐ 55. H. 0ᵐ 32.

46 — Saint-Loup-sur-Thouet (Deux-Sèvres).
L. 0ᵐ 55. H. 0ᵐ 32.

47 — Un Étang, en Sologne.
L. 0ᵐ 55. H. 0ᵐ 32.

48 — Bords de Seine, à Portejoie.
L. 0ᵐ 55. H. 0ᵐ 32.

49 — Une Ferme, en Normandie.
L. 0ᵐ 55. H. 0ᵐ 32.

50 — En Sologne.
L. 0ᵐ 55. H. 0ᵐ 32.

51 — La Station d'Épône.
L. 0ᵐ 55. H. 0ᵐ 32.